KB039624

그곳에서 만나,
눈부시게 캄캄한 정오에

헬렌 쉐르백, <자화상>, 1915

강기원 사랑시편

그곳에서 만나, 눈부시게 캄캄한 정오에

달아실기획시집
25

달아실

욘 바우어, <타른 숲에서 검은 물을 내려다보는 투부스랄 공주>, 1913

그 앤 내게로 오는 동안
자주 멀미를 일으켰고
난 그 애에게 가는 동안
자주 길을 잃었어요

차례

2부. 치명적 향기의 레서피

3부. 나는 당신의 초록각시뱀

4부. 당신이 사랑한 북극을 나도 사랑해

구스타프 클림트, <헬레나 클림트의 초상>, 1898

1부

연애에 대한 기억

뭉게구름

당연, 달콤했죠
말랑거렸구요
보드라웠어요
발라낼 것도, 씹을 것도 없이
한아름이었는데
환상적이게 끈적했는데
눈앞을 다 가렸는데
무언가 먹긴 먹었는데……

이상하죠
왜 자꾸 배가 고프죠?

에로 예르네펠트, <초원의 사이미>, 1892

그린티 아이스크림

달콤 쌉쌀함,
이게 나의 콘셉트야
짙은 안개와 경사진 언덕
사이에서 태어났지
큰 일교차의 변덕스러움과
채취 3일 전 99퍼센트 햇빛 차단의
까다로운 공정을 거쳤어
느끼함을 좍 뺀 신선한 밀크와의 만남은
운명이자 필연

당신의 세련된 입맛을 위해
차가우나 부드러운
물론 끈적거리지 않는
먹을수록 자꾸 먹고 싶어지는
매혹적이나 그대 숨결 닿자마자 사라지는
그윽해도 끝까지 들켜버리지는 않는

그래, 상큼하나 앙큼한
한없이 세심하게 음미해줘야 하는

그린티 아이스크림 연인이지

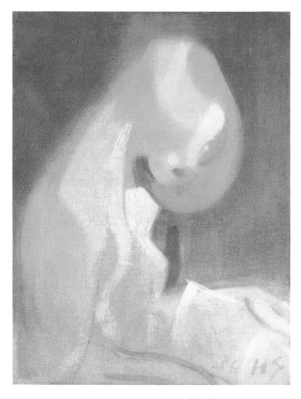

헬렌 쉬르벡, <금발의 소녀>, 1916

이원미, <물고기 환상>

여울고양이

날 길들일 생각은 말아요
쓰다듬으려 하지도 말아요
재미 삼아 공중으로 던지면
검은 나비처럼 사뿐히 내려앉을 기대는
아예 말아요

물속의 집

가르릉을 버리니
아가미가 생기더군요
담을 넘지 않으니
부레가 부풀어요
긴 꼬리 감추니
어이없는 지느러미가 돋았죠

발톱마저 버렸지만
눈동자, 당신을 담았던 눈동자만은
그럴 수 없어
여전히 눈 속에 달을 품은

나는
고양이물고기
물고기고양이

자갈 여울 속
썩어 가는 강처럼
사라져가요

물과 불의 결혼

그는 물이고
나는 불이었다
그는 변신의 귀재였고
나는 보호색이 없었다
그는 발라드
나는 헤비메탈이었다
그의 혀는 안개 같은 비밀이었고
나는 남김 없는 누설이었다
그는 세례자였고
나는 유다였다
그는 머금었고
나는 내뿜었다
그는 어디서든 날 찾아냈고
나는 늘 숨었다
오, 극과 극의 동거!
그에겐 그가 없었고
나에겐 나만 있었다
그는 점점 어려지고
나는 점점 늙어갔다

언제나 그가 졌다
언제나 이긴 거였다
그는 나였지만
나는 그가 아니었다
아니, 나는 그였지만
그는 내가 아니었는지도
물불 가리지 말고 살아보자 했다
한통속이었다
우리는

에드바르트 뭉크, <인생의 춤>, 1925

미모사

트리플 A형이야
예민한 밤의 촉수
숫기 없는 심장
그러나 도도한 수줍음
달아오르기도 전에 움츠러들기
아니, 농익은 종기
벗겨진 딱지
온몸이 뇌관인 거지
건드리지 마
그저 혼자라야 해
내버려두면
상처 따위 없는 듯
엄살도 없이
잎 피고 꽃 피고
사랑을 주려거든
멀리서
인 듯 아닌 듯
본 듯 안 본 듯
그렇게

머얼리서

— 아주 멀게는 말고

에드바르트 뭉크, <사춘기>, 1893

블랙

어림없지
내게로 오는 것
다가와 내 문을 여는 것
들어와 겹겹의 방을 지나는 것
숨겨진 서랍을 찾아내는 것
몸보다 무거운 자물쇠 쥐어보는 것
요철 무늬 네 몸에 새겨 열쇠가 되는 것
어쩌다 맞물린 네가 날 풀었다 믿는 것
캄캄해, 캄캄해 열어젖힌 내 안에
수없는 내가 있는 것
마트로시카처럼 그게 다 껍질뿐인 거
마침내 알아내는 것
어림없지
어림도 없지

아메데오 모딜리아니, <안나 즈보로브스카>, 1917

연애

네가 목도리였으면 좋겠어
양말이라도 좋아
아니, 도마뱀이어도 좋아
아침마다 먹는 사과
혹은 진공청소기
안경도 멋있을 거야

네 눈으로 내가 보는 거
널 칭칭 감고 다니는 거
하루 종일 널 신고 사뿐사뿐
내 목을 은근히 조르기
내 마음대로 키우는 거
갈아먹어도 시원찮을 너지만
먼지처럼 무게 없이
네 속에 웅크리는 거

아무래도 좋아
어디나 넌데
무어든 난데

그런데
연애할 시간이
없네

에곤 실레, <앉아 있는 커플>, 1915

베르트 모리조, <누워 있는 양치기 여인>, 1891

벨트

벨트를 사 주었어
당신은 하고 많은 선물 중에
하필 벨트를 고르더군
그게 어떤 의미인지도 모르면서
그럴 의도는 아니었지만
별 수 없이 당신을 끌고 다녔어, 진종일
두 번째 구멍은 너무 헐겁고
세 번째 구멍은 너무 조이는 당신
그러고 보니 난 그대에게
딱 맞는 것도 아니었는데
잠들기 전 당신은 날
풀어버린다고 생각하겠지만
천만에
당신은 내 손아귀에
점점 길들여지고 있어
부드럽고 은근하게 그러나 집요하게
어느 날 거울 앞에서
멀뚱히 알몸뚱이를 보게 된 당신
뱀처럼 똬리 튼 나를, 나의 흔적을

그게 진짜인 나를
함몰되어가는 당신의 중심부를
알아차릴 수나 있을는지
나 없이는 허전하고 불안해서
한 발짝도 떼어놓을 수 없게 되었음을
깨닫기나 할는지

2인3각 경기

나의 하루는
너의 하루와 달라
나의 스텝은
너의 스텝과
달라도 너무 달라
나의 문법과
너의 문법이
두 개의 행성만큼
멀 듯이
내가 보는 태양은
너를 비추는 태양이
아닐지 몰라
그런데도 우린
두 다리 묶고
세 다리 되어
줄곧 뛰어야 하는군
두 걸음 나가면
세 걸음 주저앉는 꼴로
저 반환점 돌아오기까지

우린 몇 번이나 더
고꾸라져야 하는 걸까
승자도 패자도 없는 이 경기
관중도 심판도 없이
내 발목에 사슬 묶고
내 안의 나와 벌이는
끝없는
2인3각 경기

프리다 칼로, <하늘, 땅, 나와 디에고>, 1949

폴 고갱, <뱀과 후광이 있는 자화상>, 1889

두 사람을 위한 퍼즐놀이

다 쏟아졌구나
마구 흩뜨려놓았구나
누가 이랬니
네가
내가
사라진 구름조각 찾으러
도판 밖으로 나가야겠구나
간신히 끼워 맞춘
우리의 성 속으로
헤집고 들어온 알 수 없는 무늬
우리는 어긋난다
부서진 들판 힘겹게 맞추는 동안
파편들이 자꾸 자리를 바꾼다
새장 속엔 새가
집 밖으론 울타리가
있어야 한다고 누가 가르쳐주었니
이 퍼즐은 해답지 없는 문제지
누군가
우리 앞에 퍼즐 상자 던지며

다 달라서 꼭 맞아
그 한 마디만 믿고
쭈그려 앉았는데
다 같아 보이는
전혀 다른 모서리들
우리는 삐걱거린다
맞출수록 어긋나는
너와 나의 요철
단순하고 복잡한
지루하게 재미있는
멈출 수 없는 퍼즐 맞추기

아플리케

너와 나를
꿰맬 수 있는 바늘이 있으면 좋겠어
너의 심장에
내 심장을 덧대어
지그재그로 박는 거지
서로 풀리지 않게
한 땀 한 땀 힘주어
그러나 네 원단은 질기고 질겨
내 연한 살덩이가
자꾸 밀려나는구나
시간의 시침바늘로 눌러놓아도
펄떡이는 네 심장을
다소곳한 내 심장으로 덮기란
정말이지 쉽지 않은 일
디룩거리는 네 눈알도 마찬가지
너만 바라보는 내 검은자위를
수시로 돌아가는 팔색조의
네 눈동자에 덧붙인다는 건
어떤 미싱으로도 불가능한 일

온도도 굵기도 다른
너와 나의 핏줄
날줄, 씨줄로 삼아
힘겹게 꿰매놓은
우리 몸뚱이
그래서 그런 거지
하나가 된 둘 사이에서
올 풀리듯
자꾸 피가 새어나가는 건

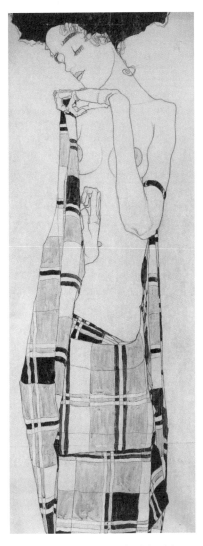

에곤 실레, <서 있는 여인>, 1910

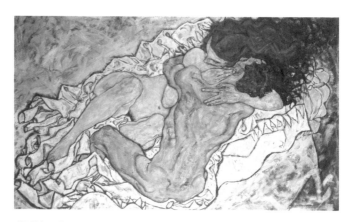

에곤 실레, <포옹>, 1917

흡혈

나는 뺄셈이고
너는 덧셈이다
또한, 너는 뺄셈이고
나는 덧셈이다
내가 네게로 흘러간다
네가 내게로 흘러든다
점점이 스민다
너와 나는 도무지 이름할 수 없는 형질이어서
날 받아들인 네 영혼에
널 받아들인 내 영혼에
알레르기 같은 열꽃이 돋는다

만개!

내가 네게로 갈수록
네가 내게로 올수록
우리는 만발하고 시든다
차오르고 비워진다
이 빈번한 삼투압

흘러가는 길은 언제나

뜨거운 곳에서 차가운 곳으로

뇌수와 골수 침 땀 눈물이 범벅으로 섞여든

너와 나 낱낱이 해체되어 녹아든

진하고 단, 쓴 피

피의 러브 샷

너라는 캔버스

무엇이었을까
원래 네 모습은
너라는 캔버스 위에
덕지덕지 붙여놓은
환상의 몽타주
새벽안개의 눈동자
콧날 위 편백나무 숲
입술의 악보
곧은 두 다리 사이 바다로 난 철길
도무지 알 수 없는
텅 빈 네 이마
바라보며 얼마나 많은 것들
붙였다 떼었는지
아, 몰입의 아름다운 시간들
난 정말 몰랐을까
네 몸에 바른 풀들이
다 마르기도 전
깊이 떠낸 내 가슴의 조각들
낱낱이 흩어지게 된다는 걸

진짜인 널 바라보는 일이
날 죽이는 일과 같아서
오늘도 난
네게 덧입힐 그림을 찾아
세상을 뒤적이고 있다는 걸

툴루즈 로트렉, <바퀴 또는 무대 뒤에서 본 무용수 로이 풀러>, 1893

은하가 은하를 관통하는 일

접붙이기를 하자
산사나무에 사과나무 들이듯
귤나무에 탱자 들이듯
당신 속에 나를
데칼코마니로 마주 보기 아니고
간을 심장을 나누어 갖자
하나의 눈동자로 하늘을 보자
당신 날 외면하지 않는다면
상처에 상처를 맞대고
서로 멍드는 일
아니
은하가 은하를 관통하는 일
그러나
맞물리지 않는 우리의 생장점
서로 부르지 않는 부름켜
살덩이가 썩어가는 이종 이식
꼭 부둥켜안은 채
무럭무럭 자라난다, 우리는
뇌 속의 종양처럼

이원미, <은하>

아메데오 모딜리아니, <잔느 에뷔테른느>, 1919~1920

우무

오이를 잘게 썬다
해 기우는 시간
도마 위에 놓인
우뭇가사리의 비치는 살 속으로
이내 빛이 스민다
채 친 오이와
노을 묻은 우무를 버무려
식탁을 차린다
아직 바다에 떠 있는 듯
투명하게 흐느적거리는 우뭇가사리
식탁이 출렁인다
짠내 빠진 바다
자꾸 미끄러지는 그것을
간신히 잡아 올려
입 안에 넣는다
씹히지 않는 수평선

(전화를 기다린다. 자동응답기를 틀어놓았지만 두 번째
벨이 울리기 전

여자는 달려가 받을 것이다. "방금 돌아왔어, 바빴거든" 열 번도 넘게 연습한
　말을 우물거리는 입으로 한 번 더 말해본다)

　우무는 먹어도 먹어도
　줄지 않는다
　먹어도 먹어도 배부르지 않다
　접시 위에 가득한 우무

　식탁을 치운다
　바다가 사라진다

　기울던 해가
　갑자기 뚝
　떨어진다

정오의 카페 7그램

그곳에서 만나
너와 내가 깃털보다
가벼워지는 곳
우리의 윤곽이 사라지는 곳
미농지보다 얇게 널 볼 수 있는 곳
오지 않은 너의
발걸음이 내 심장 속에서
쿵쿵거리는 곳
불현듯 당도한 네가
늦은 이유를 말하지 않아도 되는 곳
우리의 질량이 같아지는 곳
나의 7그램에
너의 7그램을 합해도
여전히 7그램인 곳
우리가 흔적도 없이 스며
더 이상 진화하지 않는 곳
비로소 네가 너인 곳
내가 나인 곳
영혼에도 냄새가

있다고 믿는 곳
누가 어떤 저울에
우리 영혼을 달아본 걸까
아무튼
그곳에서 만나
눈부시게
캄캄한
정오에

툴루즈 로트렉, <숙취-수잔 발라동>, 1887~1889

연애에 대한 기억

나는 공간 감각이 없었구요
그 앤 평형 감각이 없었어요

우린 약속을 했지만

그 앤 내게로 오는 동안
자주 멀미를 일으켰고
난 그 애에게 가는 동안
자주 길을 잃었어요

....

그 앤 평형 감각이 없었구요
내겐 공간 감각이 없었어요

우린 여전히 오고 가는 길 위에 있어요

눈 가린 술래들처럼

귀스타브 카유보트, <오르막길>, 1881

야체크 말체프스키, <부활>, 1900

2부

치명적 향기의 레서피

복숭아

　사랑은…… 그러니까 과일 같은 것 사과 멜론 수박 배 감…… 다 아니고 예민한 복숭아 손을 잡고 있으면 손목이, 가슴을 대고 있으면 달아오른 심장이, 하나가 되었을 땐 뇌수마저 송두리째 서서히 물크러지며 상해가는 것 사랑한다 속삭이며 서로의 살점 뭉텅뭉텅 베어 먹는 것 골즙까지 남김없이 빨아 먹는 것 앙상한 늑골만 남을 때까지…… 그래, 마지막까지 함께 썩어가는 것…… 썩어갈수록 향기가 진해지는 것…… 그러나 복숭아를 먹을 때 사랑은 생각하지 않는 것이 좋다

오귀스트 르누아르, <복숭아가 있는 정물>, 1881

무화과를 먹는 밤

죄에 물들고 싶은 밤
무화과를 먹는다

심장 같은 무화과
자궁 같은 무화과

발정 난 들고양이 집요하게
울어대는 여름밤
달빛, 흰 허벅지

죄에 물들고 싶은 밤
물컹거리는
무화과를 먹는다

농익은 무화과의
찐득한 살
피 흘리는 살

구스타프 클림트, <다나에>, 1907

오노레 도미에, <무료 공연, 공짜 구경>, 1843~1845

만두

중국의 용문에선
인간으로 만두를 빚었지
그곳의 만두 맛은 정말 특별해
한 번 맛보면 잊을 수 없지

인육을 구하는 건 쉽지 않지만
맛만 있다면 사람들은
먼 거리도 마다않지
바람을 뚫고
모래를 뚫고
모자를 깊이 눌러 쓴 채
제 발로 찾아오거든

그날은 별미의 만두가 나오는 날
자모검을 쓰는 주방장은 보이지 않고
새벽녘 나오는 푸짐한 만두 속엔
알 수 없는 재료가
찰지게 반죽돼 있다네

나는 만두를 좋아해
만두를 맛있게 먹는 모습
바라보는 걸 더 좋아해

사랑하는, 망설이는 널 끌고
용문으로 가야지
허기진 네게
인상 깊은 만두를 먹여야지
만두소처럼 나로 너를
온전히, 맛있게, 그득하게 채워야지

베이글 만들기

나의 얼굴, 팔, 다리, 심장을 대접하겠습니다

  늦골의 강력분
  땀과 눈물의 소금기
  숨결 효모
  수줍은 미소의 당분 약간
  칠 할인 체액을

뽑아 반죽한 뒤 바닥에 세게 내리쳐주십시오
오장육부 속에 자욱히 들어찬
업의 가스, 한 번으로 빠질 리 없으니
이차 발효 공정이 필요합니다
미농지처럼 얇고 투명해질 때까지
고작 반죽 덩어리인 나를
당신 마음에 들도록 성형하십시오
(이때도 끊임없이 내 몸을 때려 여분의 잡념을 몰아내
야 합니다)

  환골탈태의 과정이 끝났다고 해서

그대에게 갈 수는 없습니다
예열된 오븐의 열기가 내 혼 깊은 곳까지 고루 스며야
하니까요

노릇하고 바삭하게 구워진 나

그래도 아직은 아닙니다
이때쯤 적당히 식혀주십시오
너무 뜨거우면 피의 시럽 뿌릴 수 없으니
당신의 목이 멜 터이니

무뚝뚝한 껍질 뒤에 숨겨진
무향無香의 다감한 속살
이제 그대만을 위해 내어드립니다 기꺼이

클라라 피터스, <치즈와 아몬드, 프레첼이 있는 정물화>, 1615

절여진 슬픔

곤이젓, 창난젓, 아가미젓
저게 창자와 벌름거리던 숨구멍과
대구의 생식기였단 말이지
내 끊어진 애와
벙어리 가슴과
텅 빈 아기집도 들어내
한 말 굵은 소금에 절여볼까
컴컴한 광 속에서
한 오백 년 푹 삭아볼까
마늘, 생강, 고춧가루
듬뿍 뿌려 맛깔스레 무쳐볼까
그대 혀끝에
올려진다면
그게 나인 줄도 모르고
삼켜진다면
그리운 그대 속내
알아보는 거야
원 없이 들여다보는 거야

폴 고갱, <왕의 죽음>, 1892

곰국

그대 향해
굽은 등뼈
기고 기어온 무릎
감추어둔 꼬리까지
이제 그만 내어주기로 한다
시원히 토막 내기로 한다
비린 핏물은 빼야지
부글거리던 속내도 걷어내야지
징그러운 그리움일랑
아예 뭉그러질 때까지
더 이상 우려낼 무엇도 없어질 때까지
푹푹 고아
진하게
한 그릇 드려야지
엄살 없이
슬픔 한 점 없이
설마
나인 줄은 모르게
감쪽같이 뽀얘져서

고추 후추 듬뿍 뿌려

나인 듯 아닌 듯

자 드세요

곰처럼 미련했던 나의 평생으로 끓인

곰국입니다

프리다 칼로, <두 명의 프리다>, 1939

차디찬 고깃덩어리

양수리에 가다 보면
'두 근 반 세 근 반' 고깃집이 있어
두근거리며 당신을 기다리는
살덩이들이 있어
당신의 호명대로
허파며 간, 쓸개, 혓바닥, 뇌수에 핏물까지
아낌없이 내어줄 토막 난 몸뚱이
당신이 막힌 길을 뚫고
국도와 고속도로
번갈아 타며 달려오는 동안
감실 같은 진열대 안에서
혼마저 얼어붙을 냉동 창고 안에서
몇 날 며칠 숨죽인 채 기다려온
날것의 시간들
드디어 당도한 당신이
식육의 허기를 애써 감추며
무언가 가리킬 때
십자가에 달리지 않고도
전신을 내어주는

크고 맑고 슬픈 눈동자가 있어
순하게 끔벅이는
보이지 않는 눈동자가 있어

미약 제조법

냄새를 보여드리지요
후각을 잃은 그대에게
치명적 향기의 레서피를

당신이 사랑하는 사향고양이 항문 냄새
손목에서 흘리는 피 냄새
더러우면서 깨끗한 척하는 버섯 냄새
(질펀한 섹스 후의 냄새를 닮았죠)
아무도 범하지 못한 새벽 거미줄 냄새
고래의 토사물인 용연향을 잊지 말아야 해요
(그대의 심연을 위해)
다락방 곰팡이 냄새
(냄새의 스펙트럼을 위한 것)
범죄의 냄새를 첨가하느냐 마느냐는
전적으로 당신의 취향입니다

누구나 갖고 있지요, 마녀의 솥단지는
그러나 깊숙한 체모의 습도계와 심장의 저울이 필요합
니다

어느 것도 정해진 양을 넘어서는 안 되니까요
악취와 향내가 싸우지 않도록 (그게 그거지만)
냉정히 배합한 후…… 기다리는 겁니다

일식과 월식이 한꺼번에 일어나는 날
금성과 해왕성이 맞부딪치는 골목에서
우울의 파장이 같은 누군가 다가와
당신을 무장 해제시킬 때까지

에곤 실레, <발리 노이칠>, 1912

에곤 실레, <인물 구성-삼중 자화상>, 1911

마젠타

내 몸의 피를 조금씩 뽑아, 알뜰히 모아
당신을 칠해 드릴게요

흰 자위가 푸른 당신의 눈동자와 눈동자 속의 나
완고한 이마와 굳게 다문 입술
검은 옷자락 뒤 성실한 심장과
그 안의 헤아릴 수 없는 웅덩이까지

속속들이 당신이 붉어지는 동안
나는 점점 바래가겠지요

진흙 속살의 얼굴이 되어
당신은 웃는군요, 우는군요 눈썹 가득 핏방울을 달고

경계가 뭉개지는 이,목,구,비
빨라지는 박동 수 따라
등신불인 양 끓어오르는 몸뚱이
벌어진 입술 사이로 마그마처럼 흘러내리는 숨결……

한 방울의 피도 남아 있지 않은 나는
타오르는 당신 곁에서 이제야 편안한 재입니다
미안…… 합니다

3부

나는 당신의 초록각시뱀

우울한 부케

흰 수국 헛꽃의 부케가
눈부신 신부를 끌고 입장한다

수국의 꽃말을
아무도 기억하지 못하는 채

찰칵!

흰 수국이 푸르게
채색 사진이 흑백으로 변하는 시간은

휘뭉이한 헛꽃이 원추꽃차례로 피어나 몸 뒤집어
땅 바라는 사이, 그 짧고 찬란한 사이

수국의 꽃말이 창백하게 변하는 사이

이원미, <수국>

에드바르트 뭉크, <다리 위의 세 소녀>, 1899

나비잠자리 다리

누가 이렇게 예쁜 이름을 지어줬을까?

나비잠자리 다리 아래를 지나며
우리가 될 수 없던 우리는
서로에게 물어보았지

나비도 잠자리도 올 리 없는 겨울에
가느다란 나비잠자리 다리처럼 위태로운 날들을 건넜지

부서지기 쉬운 담청색 날개
눈부시게 산란하는
검고 푸른빛

원인을 알 수 없는 편두통이 계속되었어

나비 닮은 잠자리 나비잠자리
잠자리 닮은 나비 잠자리나비

투명잠자리나비는 날개가 너무 투명해서 그저

아른거리는 것 같다고 네가 말했던가

나비잠자리에서 잠자리나비로 끝날 사랑을 말하는 것
같았는데

다리를 건너와 뒤돌아보니
다리는 온데간데없이
방금 전까지 들었던 네 목소리는 잔향도 없이

계절을 잊고 잘못 찾아든 곤충처럼
나는 혼자 서 있네

갈림길 많은 여우길 한가운데에

칵테일

피나콜라다
어느 날 너는 열대의 향으로 다가왔어

시실리안 키스
눈 감을지 뜰지 고민했던 그 여름

오르가즘
그러나 여전히 목말랐네. 마실수록 갈증이었네

블루 먼데이
재즈의 리듬 속에 너를 던져봐

그랑 블루
밑으로, 밑으로 더 내려가. 솟구칠 수 없을 때까지

마가리타
짜고 쓴 눈물의 맛 삼켜야 할 때도 있는 법

스네이크 바이트

결국 떠나갔어?
이젠 그의 허물 벗어버리는 거야

네바다
누란의 호수처럼 말라버린 네 안의 바다
외짝 눈동자처럼 남아 있네

에드바르트 뭉크, <그날 이후>, 1894~1895

액자 속의 이별

희부연 새벽

그는 태양을 향해 돌아서고
그녀는 그믐달처럼 등 구부린 채

그는 침착하게 붉은 넥타이를 매고
그녀는 푸르스름한 알몸인 채

그의 머리카락 사이로 황금빛 먼지 너울거리고
그녀는 한 덩이 어둠인 채

그는 단정하고
그녀는 흐트러진 채

그는 아무 말이 없고
그녀는 흐느낌인 채

그는 조용히 액자 밖으로 사라지고
그녀는 다만,

매리 카사트, <몸단장>, 1889~1894

이별

이별을 천천히 발음하자
이, 별이 되었다
이, 별에서
저, 별로
건너갔을 뿐이다
그리니치 자오선의 시간에서
시간 없는 시간으로
공간 없는 공간으로
돌려놓았을 뿐이다
먼지와 동갑내기가
된다는 것
중력에서 조금
벗어난다는 것
영혼의 처녀막이
찢어진다는 것
망각의 지우개가 생긴다는 것
A.D.에서 B.C.로
바뀐다는 것
태어나기 전으로

되돌아간다는 것
뿐이다

에드바르트 뭉크, <이별>, 1896

데자뷔

그를 본 순간,
사라지는 거리의 소음
속도감 없이 빠져드는
아득함
백 년에 한 번 쓸린
비단에 돌산이 닳는다는
겁劫의 한가운데
함께였던 생생함

　　　그런 골목이 있었지
　　　풍경이 탈색되는
　　　적요의 대낮
　　　어린 내가 튀어나오던
　　　깊은 모서리

우리는 뚫어지게 응시한다, 서로의
눈부처 속에서
나인 너를
너인 나를
오래고 짧은 찰나刹那

그리고……
다른 방향에서 다가오는
각자의 연인을 향해
등을 돌렸네
한 번의
뒤돌아봄도 없이

조르주 쇠라, <쿠르브부아의 다리>, 1886~1887

처서

    망초 꽃잎 속에 상제나비가 꽂혀 있다. 날개 달린 서표

    당신이 서표를 건넸을 때 난 그것을 책에 꽂지 못하였다. 심장 속에 날개 접은 나비처럼 가만히 꽂혀 있는 서표. 나비인 줄 알았더니 차라리 단도다. 마음이,

    조금씩 움직이려 할 때마다 그것은 서슴없이 찔러댄다. 약속을 환기시키듯, 조용히 그러나 엄하게 꾸짖듯. 때로,

    그것은 당신의 손바닥처럼 차가운 심장을 쓰다듬기도 하나 보다. 처서의 가슴 위에 손을 얹으면 겹쳐지는 서표의 서늘한 촉감. 곧 제 리듬을 되찾은 심장을 놓아주고 난 그만 단풍처럼 나른해진다

    가을의 부적 같은 상제나비
    부적의 무늬는 망초 꽃술 마른 핏빛
    부적의 위안과 경고

    나비와 단도와 손바닥의 부적

사이에서 날들이 흘러간다. 저승으로 흐르는 강물처럼

　망초의 마음이 되어 나비를 바라본다. 망자의 발자국을 남겨놓고 쉬 떠나갈 상제나비의 마음은 외면한 채, 저도 아프리라, 아프리라 중얼거려보는 것이다.

가이 올란도 로즈, <녹색 파라솔>, 1911

조지 와츠, <여자라 부르리라>, 1875~1892

밤의 욕조

가슴뿐이다
가슴이 텅 빈 내가 누워 있다
출렁거림도 없이 출렁이며
널 담아 가득 찼던
더없이 뿌듯했던 가슴이
이제 홀로 누워 있다
혼곤한 꿈인 듯
내 안에 잠시 머물던 네가
망상을 떨쳐버리듯
서슴없이 날 빠져나갈 때
무엇으로 널 다시 주저앉힐 수 있었겠나
내 안의 열기는 식어가고
주글주글해진 네 영혼
더 이상 견디지 못하는 너
묵은 때 벗기듯 슬슬 지워낼 것이다
따뜻했던 물의 기억을
내가 내게서 조금씩 빠져나간다
검은 배꼽 비틀어
나는 나를 소진시킨다

흉곽에 남은 너의 흔적
닦을 생각도 없이
내 안의 마지막 물 한 방울
사라지며 지르는 눌린 비명 소리
홀로 듣는 밤이다
너의 형상대로 움푹 들어간 채
텅 비어버린 내가

장마

수십만 마리 물뱀이 내려온다
짝짓기에 실패한 수컷들이 떼로 몰려와
땅에 주둥이를 부딪쳐 웅덩이를 이룬다

너를 보낸다, 보내려 한다

제 가슴털 뽑아 알 품는 비오리처럼 품었던 너를
보낸다, 보내려 한다

눈먼 자와 귀먹은 자의 만남이어서
너와 나의 조차는 늘 백중사리

너와의 이별은
지루하고 꿉꿉하고 끈덕지다
잘라도 잘라도 다시 솟는 히드라의 머리처럼
수도 없이 되풀이되었던 이별

몇 번째인지 헤아려보는 것은
물뱀 수를 세는 것과 진배없다

붉은 배와 검은 혀를 감추고
무람없이 공중을 메우는 무자치 떼

이번만은, 이번만은 다짐하며
살 부러진 우산을 쓰고 간다
내 안으로 쏟아지는 물뱀 떼 속으로

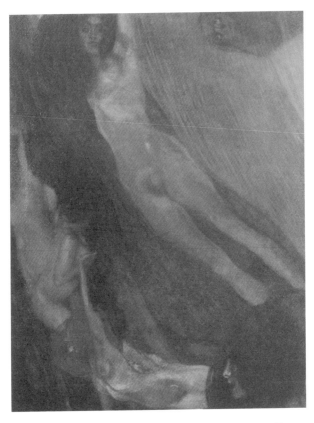

구스타프 클림트, <흐르는 물>, 1898

초록각시뱀

내가 당신을
무심히 냉정하게 빤히
쳐다본다 해서
예기치 못할 고요함이라 해서
울지 않는다 해서
웃지도 않는다 해서
거짓말처럼 허물을 벗는다 해서
때로 죽음 같은 잠을 잔다 해서
고독을 고집한다 해서
당최 길들일 수 없다 해서
죄의 향기
비늘마다 스며 있다 해서
독니 감추고 있다 해서
내 심장까지
뜨겁지 않은 건 아닙니다
몸뚱이보다 더 크게 벌어지는
욕망의 아가리
사나운 당신
삼킬 수 없는 건 아닙니다

이빨 자국 하나 없이
녹아든 당신
도로 뱉어낼 수 없는 건 아닙니다
나는 당신의 각시뱀입니다

구스타프 클림트, <물뱀>, 1904~1907

실연박물관

기르던 카나리아의 주검을 박제로 만든 후 이른 아침마
다 박제의 울음소리를 들었다. 높고 노란 울음. 놓친 인연
과 놓아버린 인연, 우연과 필연, 악연까지, 연緣과 연緣을
거미줄처럼 한곳에 모아놓으면 박물관이 된다. 귓속말로
전해지던 밀어가 누설되어 액자에 들어가 있다. 인형, 자
동차, 생강 쿠키, 자른 머리카락, 편지, 서표, 일기장……
의 박제들. 환幻이 멸滅한 뒤 흉터로 남은 환부에 조명등
이 밝다. 여전히 진행 중인 이별. 잊는 법을 잊어버린 무채
색 얼룩들 곁에 기억의 지우개가 판매 중이다. 어디를, 얼
만큼 지워야 하는가? 터럭 한 올 한 올, 그림자 뒤의 그림
자까지…… 지웠다 여기고 그대는 이 별에서 저 별로 무
사히 건너갔는가?

프리다 칼로, <상처를 입은 사슴>, 1946

늙은 수건手巾

　평생 당신을 훔쳐왔습니다
　얼굴의 등고선, 손금의 미로, 겨드랑이와 음부, 굽은 새
끼발가락
　머리카락 한 올 한 올까지

　끝내 훔칠 수 없었던 심장과 쓸개가 있습니다

　싱싱했던 무늬와 색이 무엇이었든
　남은 빛은 멍빛

　얼굴에서 발로
　발에서 바닥으로

　더 이상 낮아질 수 없는 자리

　발뒤꿈치 갈라진 늙은 아내처럼 엎드려
　여전히 쓰다듬고 어루만집니다

　바다의 푸른 기억을 잃어버린 갯솜동물 같은 건巾

건巾의 수手

에드가 드가, <욕조>, 1885~1886

물 도서관*

저 물이 왠지 너인 것만 같다
빙하 속으로 걸어 들어가
얼음 화석이 된 네가 녹아버린 물

도서관 낭하를 빙하의 속도로 걸어
얼음의 책, 첫 장을 연다

투명한 기둥 안에서 빙하는 조용히 숨 쉬고 있다
잠들어 있다, 유일하게 녹지 않은
네 아름다운 눈동자를 건질 수 있을까

일찍이 나는 지상에서 가장 온도가 낮은 사람으로
너를 지목한 적 있었지
언젠가 너라는 빙하를 녹여내고 싶었지만
그럴 수 있으리라 믿었지만
나의 탄생화는 실레네 스테노필라
삼만 년 만에 피는 꽃이다

아이슬란드 유빙이 되어 거대한 빙벽을 바라보는 느낌

크레바스 속으로 한없이 떨어져 내리는 느낌
머리 위에 만년설이 얹히는 이 느낌은 뭘까

얼음 살, 얼음 피, 얼음 심장
네 피는 저렇듯 푸르스름할 것 같다
머릿속에 가득 찬 뜨거운 글자들이 녹아내린다
네게로 다 건너가지 못한 글자들

빙하의 푸른 숨 속에
블루 라군의 뜨거운 한숨이 섞여 있다
빙하와 화산이 공존하는 아이슬란드
네 속에도 숨 쉬고 있을 휴화산

한 몸뚱이 안의 얼음과 불 감당하지 못한 채
다시 네 앞에 서다니
이목구비 없는 너를 알아채고야 말다니
내 안의 넌 이미 죽었는데 자꾸 잊는다, 그 엄연한 사실을

빙하 속에도 미로가 있다

아이젠 차고 얼음 골목길 더듬어 걷듯
스물네 개 유리 기둥 돌아 나오는 동안
팔이 다 녹아내려 문을 열 수가 없다

4부

당신이 사랑한 북극을 나도 사랑해

구스타프 클림트, <비엔나대학 대강당 천장화: 철학>, 1899~1907

본초자오선

천정과 천저天底의 중심
그곳에 내 배꼽이 있다

널 떠나보내고 그리니치로 왔다
북회귀선과 남회귀선 사이를 돌고 도는 태양의 현기증

너의 극과 극 사이에서 진자 운동 하던
내 회귀선의 한계를 생각한다

그 멈춤 없는 멀미, 널 향한 기울기였던 나의 23.5도
우기도 없이 사막만이 번식하던
내 안의 열대와 한대

지금 나의 경도는 0도
너와의 거리를 가늠하는 대신
달과 태양, 별 사이의 거리, 바람의 두께를 재고 있다
새로운 항해력을 기록해야 할 때이므로

태양은 변덕스레 눈을 뜨고 감지만

저 붉은 타임 볼은 한 치의 어긋남도 없이 매일 오후 한
시에 떨어진다
그게 문제다 어긋남이 없다는 것
네 눈빛에 우직하게 맞춰놓았던 나의 표준시

그리니치 자오선
이쪽과 저쪽에 걸쳐 나는 서 있다
나의 동과 서, 어제와 오늘을 당당히 가르며
너라는 날짜변경선을 넘으려 한다

밤, 자오선에 아름다운 황색등이 켜지고
그 은은한 빛은 극과 극으로 이어질 것이다
북점과 남점을 통과하며 넓고, 길게 늘어날
내 영혼의 사지

너 없이 내가 서 있는 곳
그곳이 나의 본초자오선이다

편지

나는 네게 글을 보내지 않았다

바다는 가장 난폭한 순간에 정지해
바위를 세우고
나는 외눈처럼 외로운 시간에
내 가장 깊숙한 뼈를 뽑아 든다
검은 피 찍어 쓰는 뼈의 붓 한 자루

나의 필법은
일필휘지의 유려함이 아니라 눌변의 온박음질
처음 재봉틀 앞에 앉았을 때
자꾸 우는 천 위에서 튕겨 나가던 바늘
그런 보법으로
내 살가죽에 한 땀 한 땀 새기는 쐐기문자

먼 데 바다가 운다, 주름을 잡으며 운다
살가죽이 운다, 우그러진다
서툰 바늘 아래서 소리도 없이 울었던 천처럼
내출혈의 밤들

파지를 만들 듯 수없는 나를 구겼다 버리며
가까스로 한 장의 편지를 완성한 날

네게 보낸 건 글이 아니었다
파피루스보다 오래되고 얇아진
이미 설화가 된 나

아르망 기요맹, <생팔레 라 피에리에>, 1893

로브그리예를 읽는 밤

　로브그리예는 이리도 친절하고 그리도 불친절해. 그의 섬세함과 무심함, 빙정 같은 투명과 굴헝 같은 두터움, 전위적인 누보와 고전적인 턱수염을 난 사랑해. 널 사랑하듯이. 협주곡은 2악장만 듣고 추리소설은 절대 읽지 않는 내게 그는 얼마나 아늑하고 섬뜩한지. 없는 듯 있고 있는 듯 사라지는 족속들. 가령, 구름이나 오로라 챠크라 달무리 해무리 금빛 먼지…… 따위. 너의 희미함에 대해, 늘 모퉁이를 돌아서는 너의 뒷등에 대해 그러나 로브그리예처럼 현재 시제로만 말할 수는 없어. 너와 나의 시제는 중음中陰의 시제. 냉정한 그의 소설을 읽으며 뜨거웠던 나의 피를 생각해. 혼자서 펄펄 끓던 그 막무가내를. 그런 나를 그저 무연히 바라만 보던 널 얘기하려니 늙은이처럼 자꾸 중얼거리게 되는군. 지루한 화법. 사실 사막의 회전초처럼 끝도 없이 굴러가는 이 얘기 계속할 생각은 없어. 그나저나 너, 아직 항온동물이지? 난 다행인지 불행인지 변온동물로 퇴화 중이야. 진화인가? 언젠가 버겁던 피가 차디차게 식어 소름이 비늘로 바뀌고 자꾸 잘리는 꼬리가 생기고 급기야는 사지가 사라져 죽음 같은 겨울잠에 빠져들지도 모르지. 그러기 전에, 이 밤이 또 벌레 먹은 밤처럼

가버리기 전에 너와 나의 연대기처럼 줄거리도 없는 로브
그리예를 다시 펼쳐 드는 거야. 그런데 대체 어디까지 읽
었더라?

오귀스트 르누아르, <책 읽는 커플>, 1877

헨리 월리스, <채터톤>, 1855~1856

긴 겨울잠

삼만 년 전 북극 다람쥐가 물어다 놓았던 빙하기 씨앗이 꽃을 피웠다. 방사성탄소연대측정법으로 삼만 천팔백 살 된 실레네 스테노필라. 눈발처럼 희고 청아한 꽃. 눈의 향기, 눈의 소리, 눈의 사라지는 촉감을 느끼며 널 생각한다.

너는 지상에서 가장 온도가 낮은 자
빙하 구혈만큼 눈이 깊은 자
이기적이도록 과묵한 자
너에 대해 쓰려니 벌써 손이 곱는군
서리 같은 소름이 돋는군
네게서 나오는 드문 말들
내게 오기 전 고드름처럼 얼어붙어
허나, 난 그걸 막대 사탕처럼 빨아먹지는 않겠다
설표 한 마리 품지 않는 막막한 설산 같은 너
네 굴곡진 곳에 로프를 걸고 오르려 하나
나의 밧줄은, 핏줄은 너무 뜨거워 걸리지 않는다
낡은 쇄빙선 같은 나의 사랑
버릴 수, 부술 수 없는 얼음 애인

널 바라볼수록 나는 사라져가……
너와의 아이는 이목구비가 없을 것 같다
오늘도 너는 창백한 손가락 움직여
너와 나의 빙하기로 눈보라를 불러내는구나
백색잡음 같은 눈보라의 소나타
$G^{\#}$과 A^{b}의 차이는 무엇일까
몇 개 남지 않은 손가락으로 널 연주하려 하나 나는 설
해목처럼 무력해
얼음 사막 위
심장을 쏟아부은 듯 피로해
검은 씨앗처럼 남은 두 눈 뜨고
네 깊은 백색 골짜기
입김도 얼어붙는 그곳에서
마지막 긴 겨울잠에 들려 한다

로제타석

나는 입술이 없습니다
고막이 없습니다
눈동자도 없습니다
가진 거라곤
벌거벗은 가슴
뿐입니다
희지도 않습니다
부드럽지도 않습니다
구멍 숭숭 뚫린, 검은
번뇌의 가슴, 이래도 좋으시다면
제 위에
당신의 비밀을 적으십시오
불에 달군 칼끝으로
한 자 한 자 새기십시오
해면 같은 가슴 속에서
피는 흐르지 않고
점점이 고입니다
어둠 속에 하나 둘 별이 돋듯
돋을새김의 상형문자

끝없는 당신의 긴 문장이 끝난 후

함부로 버려주십시오

쓸쓸한 돌밭이나 강어귀, 절벽 아래, 눅눅한 시장 통, 공
동묘지……

어디든 상관없습니다

상처가 깊을수록 간곡히 새겨지는

비문秘文, 비문非文 그리고 아름다운 비문悲文

발굴되지 않을, 되어도

해독되지 않을

당신의 로제타석입니다, 나는

귀도 레니, <마태오와 천사>, 1635~1640

월아천月牙泉

알고 계시나요
눈동자 없이
눈썹만으로 우는 여인
사막의 석양 아래
함부로 떨구지 않는
붉은 눈물
머금고만 있는 여인
알고 계시나요
자신의 늑골 밟고 가는
거친 발굽들
천년 동안 어루만져 보내는
여리고 단단한 가슴
알고 계시나요
하룻밤 사이 돌변하는
변덕스런 사내들 고스란히 견디며
소리 내지 않는 모래울음
당신 귓속에 조심스레 붓고 있는
사막의 문둥이 같은 그 여인

알폰스 무하, <황야의 여인 또는 시베리아>, 1923

클로드 모네, <눈 속의 기차>, 1875

오이도행 지하철

당신은 한 마리
검은 고래였는지 모른다
바다를 메운 길 위로 달리는
오이도 행 지하철
같은 당신
그 안에 담긴 나
그렇다
요나를 삼킨 고래는 말이 없고
울부짖는 건 요나뿐이었는데
나를 삼킨 당신도
당신 안의 나도
말이 없다
당신은 분명 한 마리 고래였을 것이다
당신 속으로 선뜻 첫 발을 넣었을 때
맡아지던 비릿한 양수냄새
늑골 사이로 울컥거리며 밀려드는
검고 습한 바람
난 당신의 어디쯤 있는 걸까
아슬아슬하게 궤도를 달리는 당신

의 출렁임, 그 멀미를 견디며
내릴 생각은 없이
그러나 곧 내릴 사람처럼
난 줄곧 당신 갈빗대 하나에
기대 서
당신을 따라 지상에서 지하로
지하에서 바다로 달린다
어디에선가 당신은
파도가 그리운 패총 같은 사람들을
뱉어내고 다시
캄캄한 도시 속으로 돌아갈 것이다
그런데
당신의, 우리의 오이도는 어디에 있는가

모린호르Morin khuur

죽은 말은 갈기로 운다

죽은 말이 달려온다
쉼 없이 달려가는 사얀산맥처럼
달려온다
지축이 울린다
죽음 속 싱싱한 울음처럼 울린다

생전에 서서 잤던 말은
잠 속에서도 달렸고
죽음 속에서도 달린다

모린호르
모린호르

죽은 말은 갈기로 운다

달리고 달려와
밤의 허파 같은 달을 넘어

잠들지 못하는
죽지 못하는
내 귓속에 긴 숨을 불어넣는다
단내 나는 숨을 부려놓는다

떼로 있어도
홀로였던 말

죽은 말이 한 사람을 껴안고
오래 오래 달리고 있다
오래 오래 울고 있다

바실리 칸딘스키, <푸른 산>, 1908~1909

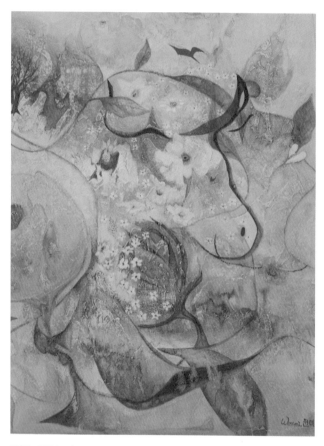

이원미, <정령의 노래>

호미*

당신을 부르는 노래다

인후 깊숙이 묻어두었던 배음과
심장에서 키우던 검은방울새 입술을 열어
방울방울 선홍색 피가 목젖에 맺혀
노래에 섞여들기까지

한 목에서 나오는 두 목소리로
부르고 또 부르는 노래

잠들었던 푸른 늑대가 달려온다
묘성의 성단이 떠오른다

귀먹은 당신만 그 자리 그대로
오지도 가지도 않는, 있지도 없지도 않은
얼굴을 그리느라 다 써버린 날들

북두칠성에 흰 우유를 뿌리는 유목민의 마음으로
품었던 당신

복화술로 부르는 정령의 노래로 씻어내려 한다
탯줄을 던지듯 바닥 모를 호수 속으로 보내려 한다

모래시계를 몇 번이나 뒤집어야 이번 생이 뒤집힐까
화살촉 하나로 일곱 개의 별을 쏘는 날이 오기는 올까

못다 부른 흐미, 주술 같은 유목의 노래가 먼 곳에서 메
아리처럼
들려온다

떠나야만 생기는 고향, 지천이던 고향, 당신이라는 고향
더 이상 그립지 않다

* Mongolian art of singing. 몽골 전통 창법.

새벽 4시
— G.G에게

당신의 낡고 낮은 의자, 한여름의 털외투와 장갑
부재의 음을 찾아 약음기 페달 위에 얹은
당신의 발을 사랑해

당신이 사랑한 북극을 나도 사랑해
기도하는 빈손 같은, 끝도 시작도 없는 푸가 같은
얼음 벌판을 홀로 걸어가는 당신의 굽은 뒷등

보이저호에 담긴 선율이 목성에서 토성으로, 천왕성에
서 해왕성으로 흘러가는 동안

어둡고 헐렁한 옷 속에 드문 별처럼 떠 있던 아름다운
녹회색 눈동자
문패를 떼어내고, 신문을 읽지 않고
장갑 낀 채 목욕하고
곰과 코끼리에게 말러의 곡을 들려주던

당신, 음표와 음표 사이 쉼표를 사랑하고
사랑받지 않기 위해 안간힘 썼던

당신을 나는 사랑해

단 한 줄의 시도 발표하지 않은 시인이
자신의 비밀을 담은 장밋빛 나무 상자*를 난바다로 흘
려보내듯
당신을 보낸 후

고기도 야채도 먹지 않던 빈 식탁 위에
색색의 알약들을 가지런히 차리네
새벽 4시
전화선을 타고 들려올 당신의 사라방드를 기다리며

* 미셸 슈나이더, 『글렌 굴드, 피아노 솔로』(동문선).

아메데오 모딜리아니, <마가리트의 초상>, 1917~1918

구부러진 십자가

오랫동안
그의 밑에 깔려 있었다
아니,
그를 뒤에서 안고 있었다
수저가 포개지듯
아니,
그가 나를 업고 있는 것 같았다
내려놓지 못하는 것 같았다
그뿐인데
서로 돌아본 적도 없이
그뿐이었는데
내 가슴이 파이는 만큼
그의 등이 구부러지고
점점 꿇어가는 그 무릎의 각도와
내 뻣뻣한 무릎의 각도가
같아졌다
그가 떠나간 후에도 그랬다
무릎을 펼 수 없었다
가슴을 펼 수 없는 것처럼

엘 그레코, <십자가에 매달린 그리스도>, 1600~1605

달아실에서 펴낸 강기원의 시집
내 안의 붉은 사막(2017)

달아실 기획시집 25

그곳에서 만나, 눈부시게 캄캄한 정오에

1판 1쇄 발행	2023년 6월 16일
지은이	강기원
발행인	윤미소
발행처	(주)달아실출판사
책임편집	박제영
디자인	전부다
법률자문	김용진, 이종진
주소	강원도 춘천시 춘천로 257, 2층
전화	033-241-7661
팩스	033-241-7662
이메일	dalasilmoongo@naver.com
출판등록	2016년 12월 30일 제494호

ⓒ 강기원, 2023
ISBN 979-11-91668-77-3 03810